MI PRIMER TRÍO

"Sé que lo leerás allá donde estás"

CON LA SUERTE A LA ESPALDA

En la sala de audiencias, todos sabían que él era culpable, ya que las pruebas así lo señalaban. Sin embargo, en ese mismo recinto, también era evidente que él era inocente, ya que las pruebas lo confirmaban.

¿Usted qué haría?

Desde que se conocieron, sintieron una fuerte atracción y se cruzaron miradas y sonrisas. Así comenzó la historia de Libardo y Aurora, dos personas humildes con un corazón gigante lleno de cariño. Ambos, sin saberlo, compartían el sueño de formar una familia donde el amor, el respeto y la comprensión siempre estuvieran presentes. Finalmente, así fue la familia de la que provenían, la cual, a pesar de las dificultades, los hizo muy felices.

Libardo no pudo completar el bachillerato y trabajaba en turnos de vigilancia en diferentes empresas, principalmente de noche y los fines de semana. Por otro lado, Aurora, la mayor de tres hermanos, siempre fue una destacada estudiante. Sin embargo, el temprano fallecimiento de sus padres la obligó a asumir las responsabilidades del hogar. Comenzó a trabajar antes de graduarse; durante el día, era auxiliar en una cafetería, y por las noches, estudiaba. Cada

7

mañana, llevaba a sus hermanitos a la escuela y dejaba todo preparado para cuando regresaran a casa.

Ambos crecieron en el mismo barrio, separados por unos pocos callejones solitarios, fríos y con poca iluminación. Fue precisamente la escasa iluminación la excusa que utilizó Libardo para acercarse a Aurora. Cada noche que estaba libre, salía al encuentro de Aurora y, con alguna excusa, la acompañaba hasta su casa, asegurándose de que llegara bien.

Este gesto, acompañado de una ocasional rosa tomada de alguno de los antejardines o un dulce, fue enamorando a Aurora, quien también empezó a interesarse por el bienestar de Libardo. A veces, le llevaba algo para hacer más ameno su turno de vigilancia, como un jugo o una galleta, iluminando los ojos de Libardo. Eran días felices.

No pasó mucho tiempo antes de que los rumores del callejón aparecieran: **"¡Qué pareja tan bonita!"**, decían quienes veían la relación con buenos ojos. En cambio, los envidiosos comentaban: **"Se juntaron la pobreza con la pobreza"**.
El tiempo pasó, y los hermanos de Aurora ya eran independientes. Ambos querían a Libardo, quien se había convertido en un amigo y apoyo para ellos. En la casa de

CON LA SUERTE A LA ESPALDA

Libardo, acogieron a Aurora como un miembro más de la familia, y los dos grupos se volvieron muy cercanos.

La relación se consolidó, y la ilusión de matrimonio, que habitaba en ellos desde hacía tiempo, se hizo realidad con la propuesta oficial de Libardo a Aurora. El "sí" llegó antes de que terminara la pregunta, y ambos se fundieron en un abrazo y un beso que fue celebrado por todos.

Los novios planearon una boda sencilla, con un grupo de invitados compuesto por sus seres más cercanos. Las dos familias, creyentes, celebraron el matrimonio con la bendición del padre del barrio. Luego, en casa, brindaron, bailaron y festejaron hasta el amanecer. La luna de miel quedó aplazada, ya que su objetivo era ahorrar para construir su propio hogar en el segundo piso de la casa en la que vivía Aurora y que le quedó a ella y a sus hermanos tras la muerte de sus padres. Mientras eso ocurría, se acomodaron en la habitación de ella, que daba a la parte interior del inmueble.

Con el tiempo y con un poco más de estabilidad laboral, iniciaron la búsqueda de su primer hijo. En el segundo piso ya se vislumbraban las habitaciones, los espacios para la cocina, la sala, el comedor y los baños. El hogar tomaba cada vez más fuerza y se consolidaba.

CON LA SUERTE A LA ESPALDA

Los chequeos médicos resultaron normales, lo que los animó y aumentó la ilusión de tener a su primer bebé.

Los meses pasaban, pero la noticia tan anhelada no llegaba. La impaciencia, la ansiedad y muchas preguntas comenzaron a estar presentes. No lograban explicarse por qué Aurora no quedaba embarazada. El médico les decía que era normal, que debían tomarse las cosas con tranquilidad, que a veces los cuerpos son caprichosos y que, cuando menos lo esperaran, llegaría el momento. Los invitó a continuar haciendo la tarea sin presionarse, disfrutando cada momento y manteniendo vivo el amor, la pasión y la ilusión.

La última consulta médica fue en enero, y todo estaba normal. En abril, después de meses de expectativas, Aurora preparó una cena especial, invitó a las familias y, cuando todos estaban presentes, propuso un brindis. Con la copa en alto, Aurora elevó una oración por la familia, el amor y la bendición que venía en camino. Aunque Libardo quedó un poco confundido, las lágrimas de alegría de Aurora confirmaron la noticia: estaba embarazada de cuatro semanas.

El bebé que venía en camino era el primero para ellos, el primer sobrino para los hermanos de Aurora y el primer nieto para los padres de Libardo. La casa se quedó pequeña para tanta alegría.

A partir de ese momento, los controles y exámenes siguieron las indicaciones del médico. En una cita de rutina, el doctor ordenó una ecografía al notar algo que lo dejó inquieto. Sin embargo, tranquilizó a los padres primerizos y les dijo que quería verificar algunos cambios en el peso, las medidas y el ritmo cardíaco de Aurora.

Como en cada cita y en cada control, Libardo estuvo presente en la ecografía. Las imágenes revelaron que en camino no solo venía un bebé. Aurora y Libardo quedaron mudos y tardaron unos segundos en reaccionar; el bebé que tanto habían soñado y buscado venía acompañado por un hermanito.

Al salir de la consulta, se sentaron en un café y con una agua aromática intentaron asimilar la noticia. —Por fortuna pensamos en tres alcobas —dijo Libardo. Ahora no tendremos que pensar en uno sino en dos nombres —agregó Aurora. A pesar de los nervios que superaban sus esfuerzos por mantenerse tranquilos, sonrieron y se abrazaron.

CON LA SUERTE A LA ESPALDA

En la casa de Aurora, la noticia fue recibida con júbilo, ya que serían dos sobrinos con los que podrían jugar y compartir. Los padres de Libardo no cabían de dicha, pues tendrían dos nietos para amar y malcriar.

Por supuesto, ahora los padres tenían que pensar en ropa, comida, cuna y demás para dos bebés. Esto modificaba algunos de sus planes y los obligaba a disminuir gastos. Afortunadamente, a esas alturas, su hogar estaba en la etapa final.

Conscientes de las circunstancias, los hermanos de Aurora propusieron a Libardo y a Aurora que permanecieran viviendo en la habitación y que, por un tiempo, arrendaran el apartamento del segundo piso. Esto, sin duda, aliviaría un poco la economía. Claro, no sería tan cómodo, pero ayudaría bastante. No tuvieron que pensarlo mucho y aceptaron la propuesta.

Los meses pasaron y finalmente llegó diciembre, un mes lleno de emoción navideña que también traería a los nuevos miembros de la familia. La alegría invadía el hogar, y bajo el árbol ya reposaban los regalos para los dos nuevos integrantes.

CON LA SUERTE A LA ESPALDA

El parto tuvo algunos retos. Leopoldo y Fausto llegaron al mundo el 16 de diciembre a las 4:10 p.m., horas antes de la celebración de las novenas navideñas en los hogares. En la casa de Aurora y de Libardo había emoción y también susto, ya que criar a dos bebés era toda una responsabilidad.

El tradicional Baby Shower no se realizó, ya que se tenía planeado hacerlo junto con la celebración de la Navidad. El médico que recibió a los bebés ordenó que la mamá y los bebés permanecieran dos días en observación en el hospital, como medida de prevención ante los retos que surgieron en el parto.

Los bebés se convirtieron en la sensación del hospital y fueron los más consentidos por enfermeras, auxiliares y demás personal. Los regalos para los recién nacidos no se hicieron esperar y poco a poco fueron llegando.

Leopoldo se mostraba tranquilo, paciente y lloraba poco. Fausto, por otro lado, era impaciente; quería estar pegado a la teta todo el tiempo y cuando no la encontraba, lloraba con todas sus fuerzas, asustando y haciendo llorar a su hermano. Papá y mamá apenas estaban acomodándose a esta nueva experiencia.

CON LA SUERTE A LA ESPALDA

En casa, todo estaba listo para la llegada de los niños. Un cartel de bienvenida decoraba la sala, mientras que la habitación estaba adecuada con una cuna grande, sus paredes con imágenes infantiles y varias pacas de pañales.

La llegada de los bebés al barrio no pasó desapercibida. Mientras caminaban por el callejón hacia su casa, los vecinos se asomaban a la ventana queriendo conocer a los nuevos habitantes de la cuadra. Todos se quedaron con las ganas porque Libardo los llevaba cargados, cubiertos y muy bien abrigados para que no sintieran frío; además, caminaba rápido porque había amenaza de lluvia.

Aurora iba un poco más atrás, de la mano de su hermana. Se veía algo cansada, daba pasos cortos y paraba para recuperar el aliento. En sus pausas, contemplaba el callejón, como imaginando a sus hijos correr y jugar por allí.

Los días pasaban y en el barrio se preguntaban cómo eran esos bebés, si se parecían al papá o la mamá. Sus padres poco salían y cuando lo hacían con Leopoldo y Fausto, los cubrían bastante, como queriendo protegerlos de las miradas de los demás.

CON LA SUERTE A LA ESPALDA

Con el paso del tiempo, esas primeras muestras de carácter de los bebés se fueron acentuando. Leopoldo continuaba siendo calmado, mientras que Fausto era un pequeño terremoto.

Los primeros años de Leopoldo y Fausto estuvieron marcados por las visitas al médico, frecuentes controles y exámenes. También por la picardía de Fausto y su fuerte influencia en su hermano.

CON LA SUERTE A LA ESPALDA

A los hermanos poco se les veía en la calle. Cuando estuvieron en edad escolar, asistían a la escuela más cercana, donde, al igual que en el hospital, también eran la sensación. Lo aprendido en las clases se reforzaba en casa, ya que sus padres les llevaban libros que fortalecían sus habilidades para leer y escribir, así como para dominar las operaciones matemáticas básicas.

Desde esos primeros años, Leopoldo mostró su pasión por la lectura. Los textos de historia y aventuras eran sus favoritos; Fausto era amante de la televisión y la música. Precisamente con televisión y música molestaba a su hermano cuando este quería disfrutar de alguno de sus libros o revistas de ficción.

—¿Cómo están sus hijos? —, —¡Ellos están bien! —. Era la contundente y cortante respuesta que siempre daban Aurora y Libardo sobre sus dos hijos, que ya no eran unos niños y que regularmente se les veía jugando por el barrio.

Cuando no podían salir a la calle, en casa, Fausto no encontraba cómo gastar toda su energía. Caminaba por todas partes, molestaba a sus tíos, hacía desorden y, como si tuviera poderes sobre su hermano, Leopoldo siempre estaba con él. Leopoldo no mostraba satisfacción con esas actividades, mientras que Fausto se veía excitado con cada una de sus travesuras.

A diario, Aurora y Libardo se iban a trabajar y dejaban a sus hijos encerrados en casa. Antes de irse, les daban desayuno y dejaban el almuerzo listo para que ellos lo calentaran. Los niños disfrutaban asomarse por la ventana que daba al callejón, aunque pocas personas pasaban por allí, con excepción de Violeta, una niña vecina que con frecuencia transitaba por el frente de la casa.

Una de esas mañanas en las que los niños se asomaron, la vieron. Fausto quedó impactado y no podía dejar de mirarla, Leopoldo, por el contrario, evitaba hacer contacto visual. Violeta sabía que ellos estaban allí y con algo de picardía les daba una miradita. Esos instantes resultaban muy breves para Fausto.

Después de ese día, esos encuentros a través de la ventana se hicieron más frecuentes. Aurora y Libardo no tenían ni idea del gusto que Violeta había despertado en Fausto, pero eran conscientes de la fama que sus dos hijos ya tenían entre los vecinos. Identificaban a Fausto por su personalidad abierta, su facilidad para entablar conversación y sus juegos, que a veces los ponían en riesgo, y a Leopoldo por su tranquilidad y por siempre utilizar un lenguaje respetuoso y algo adelantado para su edad.

Los tres niños jamás habían coincidido en la calle, pues sus horarios eran diferentes. Esto impacientaba a Fausto, quien ya no se conformaba solo con verla desde la ventana. Una noche, Fausto escribió una carta en la que saludaba a Violeta. Su plan era lanzarla por la ventana para que cayera al callejón cuando ella pasara. Hizo varios intentos, pero no le gustaba lo que escribía ni lo que dibujaba, así que le pidió a Leopoldo que la hiciera.

Leopoldo, amante de las historias y aventuras, escribió un par de líneas y dibujó una bella rosa. Fausto quedó encantado.

Al día siguiente, se asomaron por varios minutos, pero Violeta no llegó. Fausto guardaba el papel con mucho cuidado y cada día que pasaba sin poder entregárselo a Violeta lo frustraba y lo llevaba a hacer locuras dentro de la casa. Corría, molestaba al gato, prendía y apagaba el televisor, se mojaba y mojaba a su hermano, jugaba a la pelota y comía de más. Su hermano, con algo de impotencia, era testigo de todo lo que ocurría.

CON LA SUERTE A LA ESPALDA

¿Se habrá ido del barrio? ¿Tendrá novio? ¿Le habrán prohibido pasar por acá? Eran las preguntas que se hacía Fausto y que le hacía a su hermano. Leopoldo intentaba tranquilizarlo, pero Fausto terminaba gritándolo y maltratándolo.

Una tarde cualquiera, los hermanos estaban en la ventana y vieron que Violeta se acercaba. Fausto sacó el papel de su bolsillo, abrió la ventana y calculó para lanzarlo a su paso. Fausto tiró el papel, y este cayó justo delante de Violeta. Ella lo vio, miró a los hermanos y lo recogió. No lo abrió, pero se lo llevó.

Fausto quedó con una extraña sensación, pues quería ver la reacción de Violeta. Esa misma noche obligó a Leopoldo a escribir otro mensaje para tenerlo listo.

El siguiente día era de descanso, así que Aurora y Libardo estarían en casa y durante el desayuno hablaron con sus hijos para dejar claras algunas reglas y que pudieran seguir saliendo a la calle. La emoción fue más evidente en Fausto que en Leopoldo. Si bien Leopoldo disfrutaba del sol y de recorrer los callejones del barrio, prefería leer, escribir y dibujar, mientras que Fausto se inclinaba más por el fútbol, las carreras y los retos con los vecinos. Como siempre,

CON LA SUERTE A LA ESPALDA

Fausto, con su fuerza y carácter, terminaba imponiendo sus gustos sobre los de su hermano.

—Estas son algunas de las condiciones —afirmó Aurora. —No será todos los días; podrán hacerlo por una hora al día. Los deberes deben quedar listos —agregó Libardo. La alegría no cabía en el cuerpo de Fausto.

La semana siguiente, los hermanos salieron con más frecuencia a la calle, pero en ningún momento se encontraron con Violeta. Fausto indagó y le contaron que ella había estado enferma, pero que pronto estaría mejor para regresar a la escuela y a la calle a jugar. Fausto buscó la otra nota que su hermano había escrito y la dejó lista para cuando el nuevo encuentro ocurriera. —Violeta es la niña más linda que he visto —le decía Fausto a su hermano con frecuencia. Leopoldo tan solo escuchaba sin responder una sola palabra. —A veces pienso que eres medio atontado —le decía Fausto a su hermano.

El encuentro personal tardó más de lo esperado y primero se dio el cruce de miradas, la de Violeta desde el callejón y la de Fausto desde la ventana. Leopoldo, como siempre, no se sentía cómodo y evitaba ese contacto visual. La segunda nota, lanzada por Fausto, llegó a los pies de Violeta. Como la vez anterior, la recogió y la guardó.

La impaciencia en Fausto nuevamente se hacía presente. Le gritaba a su hermano que lo que escribía no servía, que sus dibujos eran pésimos y que tenía que pensar en algo mejor. En casa, Violeta leía las notas que venían sin firmar y las guardaba en un cofre debajo de su cama. Las dos notas estaban dobladas y eran leídas con frecuencia. Claro, Fausto y Leopoldo ignoraban tal situación.

Este juego de notas se vio suspendido por un buen tiempo, pues los hermanos se enfermaron y tuvieron que ser hospitalizados por algunos meses. Sus pulmones habían sido afectados por un extraño virus, y debían permanecer bajo estricto cuidado y supervisión médica.

Como si no fuera suficiente, en el trabajo de Aurora hubo recorte de personal y ella fue despedida. Por suerte, los hermanos contaban con el servicio médico que su padre tenía en la empresa para la que laboraba. Aurora era quien pasaba más tiempo con los dos niños que ya estaban entrando en la etapa adolescente. Libardo iba luego de su jornada laboral, y junto con Aurora, regresaban a casa tarde en la noche.

CON LA SUERTE A LA ESPALDA

Los hermanos estaban en el mismo hospital donde nacieron y donde los habían atendido durante toda su vida. Cuando nacieron, fueron la sensación, pero eso había cambiado, pues si bien les tenían gran cariño, el comportamiento de Fausto no era del todo agradable y en algunos momentos rechazaba los procedimientos, gritaba e insultaba al personal médico. Una de esas tardes locas se quitó el vendaje que protegía la canalización y quiso levantarse de la camilla —Me siento preso, no quiero estar más aquí. Los odio—, gritaba con todas sus fuerzas.

Leopoldo no lograba controlarlo, pero entre varios enfermeros lograron ponerle una inyección y tranquilizarlo. Nuevamente lo canalizaron y tanto Fausto como Leopoldo durmieron un buen rato.

Aurora presenció lo ocurrido y con lágrimas en sus ojos le contó a Libardo. Esa noche, antes de ir a casa, los padres se fueron a la iglesia y encomendaron la salud de sus hijos a Dios, pidiendo especialmente por Fausto para que se recuperara y calmara un poco su carácter.

Violeta continuaba pasando frente a la casa y siempre miraba hacia la ventana, esta se mantenía cerrada y con las cortinas abajo. En el barrio, todos especulaban sobre el estado de los hermanos y sobre su regreso al barrio. —Leopoldo es de pocas palabras, pero es muy inteligente y respetuoso. Lo extrañamos—, decían los vecinos de las casas cercanas; —Fausto es pícaro y a veces se torna insoportable, pero ojalá se mejore pronto —, se escuchaba en la tienda.

Violeta era testigo de esas charlas de los vecinos y lo que escuchaba le hacía pensar que quien le enviaba las notas era Leopoldo y que quizás por eso evitaba mirarla a los ojos. Por su cabeza no pasaba la idea de que alguien tan inquieto, grosero y ordinario con las palabras, como Fausto, se hubiera interesado en ella y en expresarle su gusto.

Luego de tres meses, los hermanos regresaron al barrio. La noticia pronto recorrió cada callejón, cada rincón. Sin embargo, pasaron otros días para que los hermanos pudieran volver a asomarse a la ventana y muchos más para que regresaran a la escuela y a la calle. Aurora se encargó de conseguir los temas que habían visto en clase y con gran dedicación logró que sus dos hijos se pusieran al día para que no se atrasaran y pusieran en riesgo el año escolar. En la escuela fueron muy comprensivos, sobre todo con Leopoldo, y se lo hicieron saber.

CON LA SUERTE A LA ESPALDA

Una tarde cualquiera, los hermanos salieron a la ventana y quienes pasaban por el callejón los saludaban. Leopoldo, como siempre, respondía cortésmente, mientras que Fausto hacía alguna mueca o un gesto displicente. Esa tarde, Violeta pasó frente a la casa y, claro, miró a la ventana. Pero su mirada fue diferente, no era amplia. Era una mirada directa a Leopoldo para intentar descubrir algo en sus ojos. Como siempre, él la evitó.

Fausto, al ver esto, sintió que la sangre le hervía y, después de que Violeta se perdió en el callejón, la tomó contra su hermano. —Maldito imbécil. ¿Qué has hecho? —le gritaba lleno de ira. Leopoldo tan solo esquivaba los insultos e intentaba resguardarse de los bruscos movimientos de Fausto. —Te odio. ¿Por qué debo tener un hermano tan inútil, tan patético, un nerd que no me puedo quitar de encima? —le recriminaba.

Aurora, al escuchar la gritería de Fausto, corrió y pronto llegó a donde estaban sus hijos. Regañó a Fausto por su lenguaje y su comportamiento. —Claro, en esta casa Leopoldo es el favorito. A mí me ven como si no fuera su hijo.

CON LA SUERTE A LA ESPALDA

La madre intentó calmarlos con un abrazo, pero la fuerza de Fausto lo impidió y logró separarlos a los tres. En la noche, los padres nuevamente elevaron una oración por sus hijos, pero esta vez le dedicaron la mayor parte a pedir por Fausto, pues sus episodios de ira cada vez eran más frecuentes y fuertes.

En la noche, ya acostados, Fausto cayó en la cuenta de que las cartas iban sin firma y nuevamente se fue en contra de su hermano. —Claro, no pusiste mi nombre en las notas. Violeta debe pensar que son tuyas. Pero la culpa es mía por confiar en ti. Eres un traidor. Leopoldo intentó explicarle que hizo los mensajes y los dibujos, pero que esperaba que él las firmara para que quedara con su propia letra. Fausto no le creyó y lo calló con un ofensivo grito.

Los días siguientes, aunque no hubo más notas, la escena del callejón y la ventana se repetía. Cuando Violeta aparecía frente a la casa, Fausto la miraba de reojo, apretando sus dientes, mientras que Leopoldo seguía evitándola. El tiempo no calmó los ánimos de Fausto; por el contrario, los hizo más fuertes, llenos de ira, y no perdía oportunidad para ofender a su hermano o molestarlo cuando este quería hacer sus actividades favoritas: leer, escribir y dibujar.

CON LA SUERTE A LA ESPALDA

—Tú me has robado la atención de la chica más hermosa. Eres un traidor y pronto la pagarás—, le repetía a Leopoldo. —Violeta va a saber de mí; le mostraré que no puede mirar ni pensar en nadie más—, le decía al viento.

Aurora y Libardo estaban desconcertados, sumidos en una tristeza profunda y sin saber qué rumbo tomar. La mirada de Fausto cambió por completo; amenazaba con hacerse daño y hacerle daño a su hermano. Cuando estaban solos, no dejaba que su hermano comiera, y si iba a tomar algo, lo empujaba para que lo botara. Era impresionante la forma como intimidaba a Leopoldo y conseguía que este le hiciera caso o lo secundara en sus travesuras.

La idea de la venganza cada día tomaba más fuerza y murmuraba sus planes. Mientras su hermano leía o escribía, él veía películas de ficción, generalmente violentas. Luego, permanecía en silencio, como si estuviera planeando algo.

De un día para otro, Fausto dejó de molestar a su hermano, se volvió silencioso y cuando salían a la calle, él caminaba con la mirada al piso. Los vecinos pensaban que era por vergüenza, pues ya había sido atrapado en varias travesuras. Una situación familiar obligó a Violeta a cambiar su rutina. Ahora recorría el callejón en la tarde para ir a visitar a su abuela, que estaba enferma y quien vivía en el extremo de la cuadra donde está la casa de Leopoldo y Fausto. En la noche, atravesaba el callejón oscuro y frío para regresar a su casa. Los hermanos habían dejado de asomarse a la ventana, pero se enteraron del cambio de Violeta por los vecinos que se encargaban de socializar las novedades del barrio. Esto motivó a Fausto para regresar a la ventana. Con la excusa de estar pendiente de Violeta, convenció a sus padres para que los dejaran asomarse nuevamente y ellos, convencidos de que era una buena idea, lo permitieron. Claro, Leopoldo también estaría allí.

Esas noches estaban más oscuras y frías. La lluvia empezaba a aparecer. Aurora y Libardo sintieron alivio, pues tomaron ese detalle como una muestra de cambio de Fausto por su consideración hacia Violeta.

Leopoldo, por su parte, no estaba convencido y tenía la corazonada de que algo no estaba bien. Durante una semana, los hermanos se asomaron a la ventana para cruzar miradas con Violeta. Las seis de la tarde y las ocho de la noche eran los dos momentos en los que se veían desde la distancia. No cruzaban palabras, solamente miradas.

Violeta buscaba los ojos de Leopoldo, mientras que los ojos de Leopoldo evitaban a Violeta. Fausto buscaba los ojos de

CON LA SUERTE A LA ESPALDA

Violeta, mientras que los ojos de Violeta iban en otra dirección.

Fausto, con gran calma, soportaba cada tarde, cada noche. Pero en su interior libraba una batalla llena de odio y sed de venganza. Su cabeza se imaginaba mil cosas, mil maneras de hacerse sentir.

El viernes fue la última cita. Sábados y domingos Violeta no pasaba por el callejón. Esos dos días fueron aprovechados por Fausto para planear la desgracia de todos. Con su agilidad mental, su temperamento y fortaleza, convenció a su hermano para que el lunes se escaparan de casa y acompañaran a Violeta durante los dos trayectos.

Leopoldo no estaba seguro, pero creyó en la buena intención de su hermano y accedió. Al llegar el lunes, Fausto estaba impaciente y tuvo algunos episodios de mal genio y malas palabras. Su madre lo vio como un pequeño retroceso en la mejoría que había visto en su hijo en los últimos días.

Ese lunes fue gris durante todo el día. El viento frío recorría el callejón y las pocas luces lo hacían más solitario y triste que de costumbre. Pocos minutos antes de las seis, los dos hermanos aprovecharon que su madre estaba recostada y que su padre estaba de turno. Salieron, llevaron capas, pues ya llovía, y se ubicaron en la esquina. No pasó mucho tiempo para que Violeta apareciera.

—Hola, Violeta—, saludó Fausto. —Hola muchachos—, respondió Violeta sorprendida. Fausto le explicó que querían acompañarla, pues las noches estaban solas y frías. Ella se mostró complacida y agradeció el gesto.

Durante el trayecto no hubo conversación, solo al llegar a casa de la abuela le dijeron que estarían ahí antes de las ocho para acompañarla de regreso. Violeta sonrió y entró a casa de su abuelita.

Leopoldo y Fausto no regresaron a su casa, pues era más fácil quedarse fuera que entrar y volver a salir. Total, sabían que su mamá se dormía temprano cuando su padre trabajaba.

Los hermanos se ubicaron detrás de un poste, bajo un pequeño volado de una casa que los protegía de la lluvia que iba incrementándose. Leopoldo estaba congelado y en silencio, mientras que Fausto hacía pequeños movimientos que parecían para evitar el frío, pero que realmente eran de ansiedad y nervios.

CON LA SUERTE A LA ESPALDA

Finalmente, llegó la hora y Violeta salió de casa de su abuela. Los hermanos se acercaron y ella sonrió. La lluvia se hizo más fuerte y un rayo dejó a oscuras el callejón. —El escenario no puede ser más perfecto—, pensó Fausto.

Luego de avanzar unos metros, Fausto miró fijamente a Violeta, a pesar de la lluvia ella logró ver la rabia en los ojos de Fausto y un corrientazo recorrió su cuerpo. Leopoldo, que iba con la mirada al suelo sintió un empujón y en fracción de segundos estaba en el piso.

Reaccionó y se dio cuenta que su hermano estaba sobre Violeta e intentaba despojarla de sus ropas. Violeta gritaba, pero el ruido de la lluvia callaba su desesperación. Leopoldo intentaba defenderla, pero su hermano era mucho más fuerte. Violeta lloraba, Leopoldo le suplicaba.

—Esto es para que aprendas a no mirar a nadie más. Esas notas eran mías, en ellas te decía todo lo que sentía y tú ni las leías —le reclamaba Fausto. Violeta seguía suplicando mientras que Leopoldo intentaba pararse y parar a su hermano. —No hagas esto, Fausto. Estás loco, déjala en paz —suplicaba un débil Leopoldo.

Con cada movimiento de Fausto las fuerzas de Violeta iban disminuyendo y los gritos de Leopoldo se hacían menos fuertes. Violeta sintió como se rasgó su vestido y como Fausto arrancaba su ropa interior. Tras unos empellones Fausto consiguió estar dentro de la niña más bonita del barrio... la inocencia de Violeta fue robada en una noche oscura, fría y sobre una calle triste y mojada.

La lluvia bajó un poco y Leopoldo que no había desistido en sus intentos por detener a su hermano tomó un segundo aire y con un grito desgarrador llamó la atención de los vecinos que rápidamente salieron al callejón. En medio de la lluvia vieron la dolorosa escena y quisieron tomar justicia por mano propia.

Entre varios, levantaron a los hermanos, mientras que otros sujetaban a Violeta. La cubrieron con algunas ropas e intentaban hacerla reaccionar, pues quedó sin fuerzas de tanto que intentó defenderse. Unos pocos segundos después, recobró la conciencia.

—¿Qué es esto? ¿Qué acaban de hacer? —, —Son unos animales—, —Siempre supe que Fausto era el demonio—, eran las voces que se escuchaban. Los vecinos no se atrevieron a golpear a los hermanos, pero sí llamaron a la policía, que llegó en pocos minutos. Aurora fue avisada de lo ocurrido y, ante el impacto, cayó al suelo.

Violeta estaba destrozada, le dolía todo el cuerpo y no quería que nadie la tocara. Al llegar la policía, Violeta, entre sollozos, dijo: —Fausto es el culpable, Leopoldo intentó defenderme—. Luego de ello, perdió el conocimiento. Los vecinos quedaron asombrados por las palabras de Violeta y por su valentía, y tenían claro que Leopoldo no era capaz de semejante atrocidad.

A pesar de lo dicho por Violeta, la policía tuvo que llevarse a los dos hermanos a la estación, y una ambulancia trasladó a Violeta al hospital. Los hechos trascendieron a los medios de comunicación y alcanzaron tal magnitud que, a las pocas horas, los llevaron a los cuarteles de la Fiscalía.

Aurora y Leopoldo no lograban hablar con sus hijos. Por varias horas estuvieron en la entrada de la Fiscalía intentando contactarlos, pero los dos hermanos fueron aislados por completo. En el barrio, no salían del asombro y no se hablaba de otra cosa.

CON LA SUERTE A LA ESPALDA

Los resultados de los exámenes practicados a Violeta confirmaron la violación, así como otras lesiones producto del forcejeo y de los bruscos movimientos. Aurora decidió averiguar por Violeta y llegó al hospital; allí, un numeroso grupo de periodistas la abordó para intentar obtener algunas declaraciones; sin embargo, ella guardó silencio y contuvo sus lágrimas.

A la distancia, la madre de Violeta identificó a Aurora y fue a su encuentro. —Su hijo Fausto es una bestia. ¿Cómo pudo ser capaz de hacerle semejante cosa a mi niña? Espero que Dios y la ley lo castiguen con toda sus fuerzas. Aurora bajó su mirada y apretó el rosario que llevaba en sus manos. La mamá de Violeta por poco se desmayó, Aurora la sostuvo, y las dos se abrazaron y lloraron por varios minutos.

Violeta, que se encontraba bajo estricto cuidado médico, pidió hablar con Aurora. —Señora Aurora, no entiendo por qué estoy pasando por esto. Odio mi cuerpo, odio mi piel. Cierro los ojos y me encuentro con la mirada llena de odio de Fausto, con sus palabras obscenas y repitiéndome que no puedo mirar a nadie más. Luego veo a Leopoldo rogándole que pare, intentando quitármelo de encima, tratando de defenderme—. Aurora no lograba pronunciar una sola palabra diferente a **"perdón"**.

CON LA SUERTE A LA ESPALDA

El terrible hecho no solo sacudió al barrio, fue un tema de impacto nacional, y eso obligó a agilizar el proceso para llevarlo ante el juez. Leopoldo y Aurora no lograron conseguir un abogado que representara a sus hijos. Ninguno quería ser parte de un proceso en el que el veredicto parecía estar cantado.

La audiencia se fijó para un par de semanas después. El juez designado tuvo cerca de 15 días para leer toda la documentación y para preparar un juicio que parecía sencillo.

Una mañana fría y lluviosa fue el escenario de aquella audiencia que la ciudad no olvidaría. Poco a poco fueron llegando los asistentes. El jurado, conformado por hombres y mujeres, llegó puntualmente.

Violeta ingresó por una puerta diferente para evitar el acecho de la prensa. Por razones de seguridad, Leopoldo y Fausto estaban en la sala de audiencia desde tempranas horas del día, esto para evitar exponerlos a los ataques de los ciudadanos que pedían el mayor castigo. Los hermanos serían representados por un abogado defensor de oficio que se veía bastante incómodo.

Aurora y Leopoldo se sentaron en las primeras filas. La familia de Violeta de igual manera, pero en el costado opuesto. Los acusados estaban frente al juez, con su abogado de oficio. Violeta también estaba frente al juez, acompañada por el representante de la Fiscalía. A un costado, el jurado.

Todos se pusieron de pie, el juez entró y dio inicio al juicio.
—Este caso resulta particular. Todos conocemos los detalles. La víctima reconoció a su agresor, la comunidad lo encontró en el lugar de los hechos y logró evitar una situación aún más grave. El agresor confesó su culpa.

—Representante de la Fiscalía, ¿tiene algo qué decir? —, cuestionó el juez. —Su señoría, consideramos que todo está dicho, que todo está claro. Mi clienta solo quiere que se tenga presente que Fausto fue su agresor y que Leopoldo fue quien intentó defenderla—.

Los asistentes murmuraron; Aurora y Libardo estrecharon sus manos. Leopoldo mantenía su mirada abajo, mientras que Fausto tenía sus ojos en un punto sin definir, como si quisiera estar en otro lugar. Violeta no se atrevía a mirar a nadie.

—La defensa, ¿tiene algo qué decir? —preguntó el juez. —Su señoría, la defensa pide que se tenga en cuenta el comportamiento de Leopoldo antes y durante los hechos.

CON LA SUERTE A LA ESPALDA

Que las voces que aseguran que él es inocente sean tenidas en cuenta—.

Nuevamente hubo revuelo en el recinto. El juez ordenó hacer silencio y les preguntó a los miembros del jurado si ya tenían alguna decisión.

El jurado entregó al juez el documento con su decisión. El juez tomó el documento, lo leyó con detenimiento y respiró profundamente.

Aurora, Libardo, Fausto, Leopoldo, Violeta y su familia, periodistas y toda la comunidad estaban atentos al veredicto.

El juez se pronunció:

—Tras recibir este caso, me dediqué exclusivamente a revisar si en la historia se había presentado algo igual. No hay un solo registro. Este, que parecía un caso sencillo, es el reto más grande que la justicia ha tenido. Tenemos un agresor que se declaró culpable, una víctima que lo reconoció, una comunidad que lo retuvo en pleno acto y unos exámenes que confirman los hechos desde la parte médica. También tenemos una persona que estuvo presente en los hechos, pero que no logró evitarlos, un hombre que a pesar de sus esfuerzos no pudo superar la fuerza y la violencia de su hermano—.

—Hoy es claro que tenemos una víctima, un culpable y un inocente. Hoy eso es lo que está claro. Ahora procederé a leer el veredicto—. El silencio se apoderó de todos. Casi ni se respiraba.

—En cuanto a los hechos presentados y tras la documentación y las pruebas recolectadas, este juzgado confiesa que por primera vez no sabe qué hacer, no sabe qué decisión tomar. Pues si bien tiene clara la culpabilidad de Fausto, también tiene clara la inocencia de Leopoldo y esto es justamente lo que lo hace dudar, pues Leopoldo no decidió ser hermano siamés de Fausto—.

¿Usted qué haría?

LOS SIN

*Cuando en mi casa se dañó el procesador de alimentos,
experimenté una montaña rusa de emociones...*

Mi historia es como la de cualquier joven. Bueno, casi...
Nací en un hogar de clase media. Nunca me faltó nada,
bueno, casi nada. Soy el primer y único hijo de mi mamá y
de mi papá.

LOS SIN

Ellos se conocieron en la universidad, estudiaban de noche y la cercanía de sus pupitres hizo que poco a poco se fueran saludando, conociendo y siendo parte de los trabajos en grupo. No pasó mucho tiempo para que llegara el primer beso y la relación se consolidara con el paso de cada semestre.

En las dos casas, el noviazgo era visto con buenos ojos, pues se trataba de una pareja de jóvenes juiciosos y a los que se les notaba el amor en cada uno de sus gestos. Cuando se peleaban era obvio, porque se les bajaba el ánimo y no querían saber de nada ni de nadie.
Permanecieron juntos durante toda la carrera; en las fotos del grado aparecen abrazados y en una imagen se ven las dos familias reunidas mostrando el título de sus hijos con mucho orgullo.

Yo aparecí tiempo después, cuando mi papá y mi mamá estaban cerca de culminar su posgrado. Ellos decidieron vivir juntos, sin ceremonia ni nada formal, pues su plan era formar un hogar y luego ver si se hacía una boda. La noticia del embarazo en las dos casas fue recibida con gran felicidad. Mis padres no cabían de la dicha. Mamá y papá buscaron un apartamento un poco más grande para que yo tuviera mi propia habitación. Juntaron ahorros, solicitaron crédito y compraron un acogedor lugar para vivir los cuatro. Sí, cuatro, porque ya había una mascota: un juguetón y cariñoso perro.

Tal vez conocer al perro, llegar a mi colorida habitación o estrenar los juguetes y la ropa que ya me tenían hizo que me adelantara unas semanas. Una mañana le avisé a mi mamá que ya venía, unos cuantos dolorcitos y contracciones le dijeron que ya quería llegar y luego de hacerlos correr un poco, estábamos en la clínica con varios doctores revisándonos.

Pues me adelanté y nací. Realmente no hice mucho porque pasé de la barriguita de mi mamá a una incubadora. No salió como yo lo había planeado. Pero bueno, ya estaba ahí y era cuestión de esperar unos días para irme a casa con mis viejos.

Me cuidaron muy bien, me hicieron los tratamientos que necesitaba y luego me enviaron a mi cuna. La llegada al apartamento fue algo caótica. Muchos brazos querían alzarme, muchos ojos me miraban y algunos se aguaban... el perro saltaba como loco. Escuchaba consejos de todos y de todo tipo. Llegó un momento en el que quería estar solo con mis papitos y con mi mascota. Con el paso de los días, las visitas disminuyeron y había más calma en casa, salvo por los llamados de atención al perro por meterse en mi cuna y acompañarme mientras dormía. Ese perro se acomodaba con cuidado, estaba pendiente de mí y me calentaba. Así fueron los primeros meses de mi vida.

Pasados seis o siete meses empecé a notar a mis padres un poco inquietos. Yo no comprendía muy bien, solo recuerdo que en los controles les decían: esperemos un par de meses a ver y, en caso de que no ocurra, le hacemos unos exámenes. ¿Que no ocurra qué?, ¿exámenes de qué?, me preguntaba. Y pues como yo tenía tanto tiempo libre, me la pasaba pensando en esas preguntas. A los nueve meses me hicieron unas radiografías de mi carita. Finalmente entendí que la preocupación era porque no me salían los dientes, cosa que a mí no me importaba porque para la tetita de mi mami ni para el biberón eran necesarios. Así que yo me desentendí y que ellos miraran a ver qué hacían.

Pues esos dientes nunca llegaron. Yo me acostumbré a comer papillas, cremitas, tomaba mucha agua y jugos; todo me lo daban machacadito para no tener que masticar. Por mí estaba bien. Pero resulta que los tales dientes sí eran necesarios. Pues además de vernos bien, ayudan a consumir alimentos que nos aportan vitaminas, minerales y otras cosas para nuestro bienestar. Todo indicaba que yo no tendría dientes. Como si fuera poco, mis encías eran débiles, por lo que no me podían poner unos artificiales. Ni modos, la vida siguió sin dientes. Durante mi niñez fue fácil. En casa me daban todo listo y cuando iba a estudiar llevaba una lonchera en la que tenía todo a punto para mis refrigerios y mi almuerzo. Lo complicado empezó cuando estaba en cuarto de primaria, pues mis compañeros empezaron a burlarse de mí.

Me hacían bromas de las que yo al principio me reía, pero que poco a poco me hicieron empezar a aislarme y a evitarlos. Sobre todo, evitar a un pecoso que me ponía apodos, me decía Alcancía, Abuelito, porque su abuelo no tenía dientes. El 31 de octubre, el pecoso dijo que yo me iba a disfrazar de Drácula y todos se rieron de mí.

LOS SIN

Mis padres me decían que tenía que aprender a manejar esas situaciones porque, infortunadamente, aún no había tratamiento que me funcionara. Yo tenía 10 años, pero no tenía dientes. En cambio, a mi perro le sobraban y cuando yo llegaba a casa me gustaba molestarlo y jugar con él para que me persiguiera y mordiera mis zapatos y mis pantalones. Luego lo cogía, lo miraba a los ojos y le decía: **"Regálame unos cuantos de tus apestosos dientes"**, él solo me miraba y movía la cola, como diciéndome: **"Adelante, cógelos"**. Mi perro ya era adulto y cada vez jugaba menos.

Mis padres se volvieron unos expertos en preparar recetas líquidas, cremosas y suaves. Como yo nunca había tenido dientes, no extrañaba morder, pero a veces me daban ganas de conocer esa sensación. Eso sí, al mirarme al espejo era difícil ver mis encías que, aunque lucían sanas, no eran como las de los demás. Hablar tampoco era lo más fácil, pues me tocaba apretar la boca para que el aire no se escapara todo... eso también fue motivo para más apodos: Silverio, Lenguaesopa, Trencito chu-chu. Pecoso, a veces te odio.

La llegada a la secundaria fue todo un reto, pues mis padres creyeron que era buena idea cambiarme de colegio. La adolescencia, sumada a compañeros nuevos, todos con dientes, fue un desafío aterrador.

LOS SIN

Desde el primer día busqué el lugar menos visible. Sin embargo, el hecho de ser el único con lonchera me hizo notorio; claro, los demás llevaban dinero para comprar en la tienda escolar. Esta vez ya no estaba el pecoso, pero no pasó mucho tiempo para que apareciera otro montador. Muchos de los compañeros ya estudiaban en el colegio y tenían su grupo de amigos. Los nuevos éramos pocos, pero todos los demás tenían algo que yo no tenía: dientes. Generalmente cuando pensaba en esto, por mi mente se cruzaban cosas como ¿Por qué yo?, Un día más de vida sin dientes, un día menos de vida sin dientes, Vida hijueputa, y otras más.

Y llegó lo inevitable. El profesor, como había estudiantes nuevos, pidió que nos presentáramos; de inmediato, mi mente: Vida hijueputa. —Empecemos por quienes hoy llegan al colegio. Dígannos su nombre y sus actividades favoritas —dijo el profesor. Uno a uno nos pusimos de pie, salvo una compañera. Llegó mi turno. Un corrientazo me recorrió. Me levanté, tomé aire, mucho porque la mitad se me escapaba, dije mi nombre y agregué —Todos los días traigo lonchera, porque dada mi condición debo alimentarme de una manera especial. Como habrán notado, hablo diferente y es que nunca en mi vida he tenido dientes. El corrientazo y el frío volvieron a mi cuerpo. El profesor y mis compañeros me miraron por pocos segundos y nadie dijo nada. En ese momento sentí que me quitaba un gran peso de mi espalda.

Al parecer, mi intervención funcionó porque pasaron varios días sin que nadie me hiciera comentarios; yo me sentía como uno más. Eso sí, en el colegio se regó la noticia y en los descansos yo fui centro de atracción para muchas miradas, unas más disimuladas que otras. La cosa fue disminuyendo.

LOS SIN

El año escolar fue avanzando y mi vida transcurría tan normal como se podía. Una noche me acerqué a la cocina para acompañar a mi mamá; ella siempre, siempre, me alistaba la lonchera y me decía que además de los licuados le ponía su toque secreto. Al asomarme, la vi tomándose la cabeza, con sus codos sobre el mesón y las frutas y verduras a un lado. Me acerqué y noté algunas lágrimas en sus mejillas.

La tomé en mis brazos y le pregunté qué pasaba. Con sus manos rodeó mis mejillas y con voz triste me dijo —Se dañó el procesador de alimentos y no sé cómo prepararte la cena ni la lonchera—, y se echó a llorar. Vida hijueputa, dijo mi cabeza... luego de eso me reí a carcajadas, tanto que mi mamá se contagió y cambió su llanto por risa. —Madre, cómo es posible que un procesador de alimentos domine nuestras emociones—, y seguimos riendo. —Te prometo que mañana compro otro —me dijo, al tiempo que me pidió perdón porque se sentía culpable por la falta de mis dientes. Recuerdo que sonreí tanto que ella logró ver hasta el último milímetro de mis encías —Madre, te amo —fue todo lo que pude decir.

El día siguiente para mí fue completamente diferente, porque comí cosas que no necesitaban procesador de alimentos. Por primera vez saboreé un yogur con cereales;

claro, tuve que remojarlos bastante para que se ablandaran y no atorarme. Mi cara de satisfacción era tan grande que en la cafetería todos me miraban y sonreían. Hice boronas con un pan de chocolate, y cada cucharada que llevaba a mi boca la movía de un lado a otro antes de tragarla. Ese procesador de comidas sí que me provocó emociones.

Al llegar a casa, ya había un nuevo procesador. Se veía más grande y resistente, casi que me decía: **"Yo nunca me voy a dañar"**. La compañera que no se puso de pie el primer día de clase, en la presentación, faltó por varios días. Luego nos enteramos de que su problema en las piernas había aumentado y regresaría en silla de ruedas. Nos pidieron ser comprensivos y respetuosos. Al parecer, yo perdería protagonismo y la idea me encantaba.

Un día antes de su llegada, uno de mi clase se acercó diciéndome: **"Hey, Papillón, ¿listo para darle la bienvenida a nuestra compañera? Ella tiene silla propia"**, y se echó a reír. Quedé un tanto desconcertado, pero no supe bien por qué, si por el comentario sobre mi compañera o por enterarme de mi apodo: Papillón. No tuve que hacer mucho esfuerzo para entender que era por mi continuo consumo de papillas, luego esbocé una sonrisa...

LOS SIN

Finalmente, ese año, y el siguiente, nuestra compañera no regresó al salón. Sus continuos quebrantos de salud la obligaron a permanecer en casa. El colegio habilitó su plataforma para que ella estudiara virtualmente, y yo, sin contarle a nadie, la visitaba con regularidad para acompañarla y para estudiar juntos. Ella sin poder caminar, yo sin dientes, ¿qué podría salir mal?

Otro que se enfermó fue mi perro. Poco comía y poco caminaba, como mi compañera y yo, me dije. Pero él no tuvo más energía y cerró sus ojos para siempre. Ese golpe fue el que más dolió, mi fiel compañero, el que nunca se burló de mí, el que nunca me criticó, el que jamás me engañó. Volví a abrazarlo y lo apreté como cuando jugábamos, tenía la esperanza de que despertara y me mostrara sus apestosos dientes. Le acaricié la trompa, le hice cosquillas en la panza y lo despedí.

A principios de febrero, iniciamos octavo grado. Yo me ofrecí a pasar por mi compañera, quien ya estaba recuperada de casi todo, pero que no volvería a caminar. Pasé por su casa y nos fuimos juntos hasta el colegio. Las miradas y los comentarios no se hicieron esperar. —Tal para cual—, —Hacen linda pareja—, —Tranquila, si te alcanza, no te va a morder—. Nosotros solo sonreíamos, pero sabíamos que nuestras cabezas pensaban: bobos hijueputas.

Nuestro salón tenía algo particular, y no era por nosotros dos, no. Algo que invitaba a seres particulares a ser parte de él. Nuevamente hubo presentación. Yo relaté lo mismo que los años anteriores, esta vez mi compañera tampoco se puso de pie. Pero hubo alguien que llamó más la atención.

LOS SIN

Al pararse todos, nos fijamos en los brazos del nuevo. Bueno, realmente nos fijamos en que no tenía brazos. Él ya se había dado cuenta de que no era el único con una condición particular, así que estaba tranquilo y dijo: **"Compañera, desde ya me excuso, pues no podré empujar tu silla de ruedas"**. Tras unos segundos, todo el salón era una sola carcajada.

Poco a poco, los tres nos hicimos más cercanos. Quizás eso que nos hacía diferentes también nos hacía tener algo en común y nació una bonita amistad. Cuando estábamos juntos, sentíamos que nada nos faltaba, compartíamos apuntes, hacíamos tareas y cuando llegaba la hora del refrigerio, bueno, en ese momento, a ninguno le provocaban mis papillas.

Poco tiempo después nos enteramos de que nos decían **"La liga marina"**. Yo era el tiburón, mi compañera la sirenita y mi compañero el pulpo. No nos importó, porque **"La liga marina"** estaba conformada por amigos que se querían, que se divertían y que se destacaban por su pilera.

En algún momento, uno de los compañeros nos contó que en un curso superior había una chica invidente. —No la hemos visto —dijo mi mente burlándose, —No sea

LOS SIN

hijueputa —le dije yo a mi mente. Así que decidimos buscarla para invitarla a ser parte de nuestro grupo de amigos.

La ubicamos cerca de la biblioteca. Estaba sentada leyendo un cuento escrito en braille. La saludamos y nos presentamos. Ella nos dijo que había oído hablar de nosotros, pero que había sido objeto de varias burlas y que no quería arriesgarse a que esta fuera una más.

Entonces nos pidió que le permitiéramos tocarnos para verificar que sí éramos quienes decíamos ser. Mi compañera le dijo: **"Préstame tu mano. Esta es mi silla de ruedas"** y pasó su mano por las ruedas. Mi compañero le dijo a mi compañera en silla de ruedas: **"Por favor, toma su mano y pásala por mis hombros para que sepa que no tengo brazos"**. Yo quedé algo confundido, pues no sabía cómo hacerle notar que no tenía dientes. Nada más de imaginar que metería su mano en mi boca para sentir mi encía, me daba náuseas. Por suerte, ella dijo: **"No hace falta, por cómo hablas y el aire que se escapa de tu boca sé que no tienes dientes"**. Los cuatro reímos.

Estando los cuatro reunidos en la biblioteca y compartiendo nuestras experiencias se acercó otro compañero. Nos saludó

LOS SIN

y nos preguntó si podía ser parte de la charla. ¿Quiénes éramos nosotros para excluir a alguien?

El nuevo integrante de este equipo estaba completo. Quedamos en vernos el siguiente viernes al finalizar clases e irnos a casa de nuestra amiga, la sirena, a tomar onces. El combo que se había conformado parecía una pandilla, ya que lo integrábamos: **"Sirena (silla de ruedas)"**, **"Pulpo (sin brazos)"**, **"Lucerito (no veía)"**, **"Completo (tenía todo)"** y yo, **"Sindi (sin dientes)"**.

Ese viernes salimos muy animados hacia la casa de la Sirena. Sus padres nos recibieron muy felices y nos invitaron a pasar. En la sala habían dispuesto un banquete de comidas, bebidas y papillas muy provocativo. —Pensaron en todos —me animé a decir.

—Me imagino —dijo Lucerito riendo y haciéndonos reír a todos. Tras invitarnos a pasar, los padres pusieron un poco de música y se retiraron. Nosotros nos pusimos a conversar y con mucha torpeza intentamos bailar. —No seas manilargo —, le dijo Completo al Pulpo, quien se puso rojo de la risa.

Sirena le ayudaba a Lucerito diciéndole qué había y acercándole algunos de los platillos. Sindi (yo) ayudaba a la

LOS SIN

Sirena para que pudiera alcanzarle los platillos a Lucerito. Completo partía las porciones y se las ponía al Pulpo de tal forma que él pudiera comerlas. Como cosa curiosa, el Pulpo no tomaba nada, cero líquidos. Al preguntarle, nos dijo: —Si me pongo a tomar agua o jugo ¿quién de ustedes me ayudará en el baño, me bajará la cremallera, me sacará y luego me sacudirá el pipí después de orinar y antes de volver a guardármelo —todos nos miramos y le suplicamos que no se tomara ni un solo sorbo.

Completo, quien había estado muy animado y colaborador, ni comía ni bebía. Lucerito, al escucharnos hablar de esta situación, se animó a preguntarle: —Oye, Completo, ¿por qué no comes ni tomas nada? —. En ese momento, todos nos dimos cuenta de que Completo estaba incompleto y que carecía del sentido del gusto.

Las cosas no podían ser más perfectas: sin dientes, sin poder caminar, sin brazos, sin vista y sin gusto. En ese momento hicimos un brindis. Completo brindó sin levantar la copa y sin tomar, el Pulpo tampoco la levantó. —Hoy celebramos el inicio de una nueva comunidad, la comunidad de Los Sin. Todo el que carezca de algo será bienvenido y si tiene todo, no se afane, algún defecto le encontraremos—.

LOS SIN

Así nació Los Sin, una comunidad que fue creciendo y que se volvió tan fuerte que se quedó sin complejos.

Por cierto, no les mencioné que a mi perro le decíamos Trípode; era un perro sin una pata.

LOS SIN

...Apuesto a que te dejé pensando.

EL PROCRASTINADOR

El PROCRASTINADOR

Dejo listo el espacio... Despúes lo escribo

El PROCRASTINADOR

El PROCRASTINADOR

"Ya encontrarás la manera de compartirme tu opinión.
Amándote siempre"

Sígueme a través de mis redes sociales...

Facebook: www.facebook.com/AlejandroReyFernandez

Instagram:
https://www.instagram.com/soyalejandroreyfernandez/

Printed in Great Britain
by Amazon

36769797R00037